I0683534

INVENTAIRE
Ye 20500

Doucet Camille.

Versailles.

POUR CONSULTATION
A L'HEMICYCLE

BIBLIOTHEQUE NATIONALE DE FRANCE
3 7502 01372625 4

VENTAIRE
20500.

Paris 1839.

VERSAILLES.

IMPRIMERIE DE E. DUVERGER,

RUE DE VERNEUIL, Nº 4.

VERSAILLES

PAR

CAMILLE DOUCET.

PARIS

J.-N. BARBA, LIBRAIRE-ÉDITEUR,

AU PALAIS-ROYAL.

1839

VERSAILLES.

AU COMTE DE PARIS.

Erudimini !...

Enfant qui reposez ignorant de la vie,
De vous la raconter Dieu m'a donné l'envie.
Je sais bien que votre âge est l'âge aux rêves d'or,
Que c'est bon de laisser dormir l'enfant qui dort,

Et que je viens trop tôt pour vous faire comprendre
Ce que votre faiblesse à peine peut entendre ;
Mais vous êtes de ceux qui veillent ici-bas ;
Écoutez donc, Enfant ; les rois ne dorment pas.

Le secret de la vie, admirable science,
Pour tous, grands et petits, est dans l'expérience ;
Non pas celle qui vient à la suite des ans
Et que l'homme, trop tard, achète, à ses dépens ;
Mais celle qui, pour nous par nos pères acquise,
Nous est, dès le berceau, par nos pères transmise.
Donc des choses d'hier, des choses d'autrefois,
Instruisez-vous : l'histoire est la leçon des rois.

Là-bas, à l'horizon de la haute colline
D'où l'astre de Paris émerveillé décline,
Il est un monument aux gloires consacré,
Deux fois, par deux grands rois, en deux siècles créé,
Théâtre d'abord, puis archives de l'histoire,
Et qu'on pourrait nommer le Temple de mémoire.
Celui qui le fonda fut, entre vos aïeux,
Un des plus grands, surtout un des plus glorieux ;
Il le fut par les arts, par la paix, par la guerre ;
Il eut Colbert, il eut Turenne, il eut Molière ;
Il eut tout ce qu'un roi, rempli dans ses désirs,
Peut avoir en puissance, en honneurs, en plaisirs ;

Cependant, chaque fois qu'il détournait la tête,

Il voyait se dresser sur sa royale fête,

Comme en haut d'un Calvaire, une funèbre croix,

La tour de Saint-Denis, sépulture des rois !

Il eut peur de la mort, la mort, leçon suprême !

Plus grande que la vie et que le malheur même !...

Mais de cette faiblesse il racheta l'erreur

En la faisant servir à sa propre grandeur ;

Comme l'aigle suspend son aire dans l'espace,

Loin des bruits de ce monde il choisit une place

Où ne pénétrât pas l'austère vérité

Dont l'avertissement l'avait épouvanté...

Le sol était aride, il le rendit fertile ;

C'était presqu'un rocher, il en fit presqu'une île ;

En vain, pour repousser l'attaque du géant,

La nature partout opposait le néant ;

Sous sa loi créatrice et plus puissante qu'elle,

Il força de céder la nature rebelle ;

Il lui prit ses trésors qu'elle ne livrait pas ;

L'art fit jaillir au ciel l'eau qui manquait en bas ;

Puget sculpta la pierre, et Le Nôtre les arbres ;

Les dieux déprisonnés s'échappèrent des marbres,

Et le palais magique, aussitôt grand que né,

S'éleva radieux comme un front couronné.

Tout fut fait ; de Louis la volonté féconde,

Comme celle de Dieu quand il créa le monde,

Dit : « Que Versailles soit ! » et Versailles sembla
En sortant du chaos répondre : « Me voilà ! »

Bientôt, lorsqu'abrégeant pour vous les jours d'attente
Dieu vous aura donné la vie intelligente,
Vous montrant ce palais on vous dira de lui
Ce qu'il était jadis, ce qu'il est aujourd'hui.
Alors vous comprendrez que, grand à son aurore,
La résurrection l'a fait plus grand encore ;
Vous comprendrez qu'il fut ainsi que le soleil
Qui décroît et renaît plus splendide au réveil.

Si noble que l'eût fait la main génératrice,
Versailles de Louis n'était que le caprice ;
Du sol jusques au faîte, en cet Escurial,
Partout apparaissait l'égoïsme royal.
Aussi, temple élevé pour le culte d'un maître,
Versailles ne fut plus quand Louis cessa d'être ;
L'autel fut renversé par l'idole !... Depuis,
Les jours passèrent là voilés comme des nuits ;
Seulement, au travers de ces nuits indiscrètes,
On entendit longtemps des musiques de fêtes.
Un jour tout s'arrêta, mais trop tard... En ce jour
Les chants ayant cessé les pleurs eurent leur tour.
Dieu retira sa main ; une grande colère
Fit monter jusqu'en haut l'océan populaire,

Qui ne redescendit qu'en roulant après soi,
En expiation... une tête de roi !..

En ce temps-là tout fut bouleversé... La France,
Autant qu'elle avait eu de joie... eut de souffrance ;
L'humiliation suivit de près l'orgueil.
C'est la vie... aujourd'hui les chants, demain le deuil !

Mais voici revenus pour nous les jours prospères ;
Nos pères ont payé la dette de leurs pères ;
Et, comme fit le Christ pour les hommes, leur sang
A refait pour leurs fils l'avenir innocent.
Tout se calme, et la paix enfante une merveille,
De son second néant Versailles se réveille ;
Mais l'ancien sanctuaire est libre désormais.
Le peuple alors qui sait et n'oublîra jamais
Que l'homme fastueux ne vaut pas l'homme juste,
Rentre avec Périclès dans le palais d'Auguste.

Chacun est convié, chacun est introduit ;
Les Arts marchent en tête et le Roi les conduit,
Le Roi qui va lui-même à la foule empressée
De son nouveau chef-d'œuvre expliquer la pensée,
Et qui, pour vous offrir une imitation,
Du temple des plaisirs a fait un Panthéon.

Entrons, Prince, et voyez : Sur toutes ces murailles
L'Histoire a retracé ses fêtes, ses batailles,
Ses belles actions que l'on doit honorer,
Ses fautes qu'elle pleure et dont il faut pleurer.
Ici c'est le pinceau qui d'une vieille armée
Ranime la valeur sur la toile animée ;
Là, sous l'heureuse main des Phidias nouveaux,
Se réveille la pierre où dormaient les héros ;
Fidèlement liés à l'honneur de leurs maîtres,
Chacun d'eux est debout près d'un de vos ancêtres.
Duguesclin sur son roi semble encore veiller,
Bayard garde Louis douze et François premier ;
Auprès de Charles sept cette femme qui rêve,
C'est Jeanne, priant Dieu sur la croix de son glaive !
Je ne vous dirai pas sous quel noble ciseau
Ce marbre virginal est devenu si beau ;
Car alors votre juste et douloureux hommage
Pleurerait sur l'auteur, en admirant l'ouvrage !

Détournez-vous ; voici le salon de cristal
D'où s'échappait ce bruit de fête si fatal !...
L'Œil-de-Bœuf d'où sortaient aussi des chants sinistres,
Et la chambre où Louvois présidait les ministres ;
Ce lit qui les sépare est le lit sans sommeil
Où le grand roi veillait, envieux du soleil !

Plus loin nous retrouvons notre nouveau Versail,
Ce n'est plus le salon des bals, mais des batailles;
Tout ce qui nous fut grand et digne de renom
Est là, depuis Clovis jusqu'à Napoléon!
Enfin, pour compléter ces annales de gloire,
Voici notre Juillet et sa triple victoire!

Ce sont des souvenirs dont vous vous souviendrez,
Des exemples surtout que vous étudirez.

Mais vous n'en voulez pas rester où nous en sommes,
Vous avez vu les faits; vous allez voir les hommes.
Descendons!... je m'en vais vous montrer à la fois
Des rois et des guerriers qui valurent des rois;
Tous y sont : amiraux, maréchaux, connétables;
Leurs noms, que cent combats ont rendus mémorables,
Suffisent à leur gloire, écoutez donc... Voici :
Enguerrand, d'Épernon, Villars, Montmorency,
Duguesclin, Luxembourg, de La Marche, Sancerre,
Xaintrailles, Boucicault, Trivulce, Bassompierre,
La moitié de Rantzau, dont l'autre eut ce bonheur
De rester pour son roi sur tous les champs d'honneur!
Ceux malgré qui tomba le trône monarchique,
Ceux qu'à l'Empire un jour légua la République;
Ceux qui vivent encor... nobles cœurs, nobles bras!
Je suis las de louer et ne les nomme pas.

Mais, puisque nous avons entrepris cette tâche,
Poursuivons, et sachez ce qu'il faut qu'un roi sache :
L'histoire où sont inscrits les abus et les droits,
A, pour vous l'enseigner, soixante et douze rois.
Dans ce dernier tableau leur image est gravée.
Voici premièrement les fils de Mérovée,
Rois barbares, aussi barbares que leur temps,
Depuis les chevelus jusques aux fainéants.
Au milieu d'eux Clovis que Tolbiac étonne,
Porte à son front chrétien une double couronne !
Puis viennent treize rois, dont la splendeur d'un jour,
Dans l'impuissance aussi va s'éteindre à son tour ;
Voici Pépin leur chef, qui fut digne de l'être.
Maire du vieux palais, sa vertu l'en fait maître ;
Le peuple le choisit et consacre son choix
Sur la tombe vivante où meurt Childéric trois[*] !
Après lui vient son fils, vainqueur de l'Allemagne,
Roi de France, empereur d'Occident... Charlemagne !
Il fut grand comme aucun ne put l'être après lui !
Ainsi décroît le jour quand le soleil a fui.
Dans ses autres enfants Charles Martel s'efface ;
Il meurt dans Louis cinq, et Capet le remplace,
Capet qui peut encor, parmi ses descendants,
Compter après Valois et Bourbon... d'Orléans !

[*] Mort en 751, au Monastère de Saint-Bertin.

Vous voyez, entre ceux dont l'équitable histoire,
Conserve un souvenir, ou d'amour, ou de gloire,
Philippe-Auguste, fier du surnom qu'il porta,
Qui fit mieux que l'avoir, car il le mérita,
Surtout lorsqu'à Bouvine il eût l'honneur insigne
De garder sa couronne en l'offrant au plus digne!
Louis neuf, dont le ciel fait un de ses élus,
Et la France un des rois qu'elle honore le plus;
Qui deux fois, pour sauver la sainte Palestine,
Changea son sceptre d'or contre une croix latine;
Qui, ne pouvant enfin que combattre et mourir,
Combattit en apôtre et mourut en martyr!
A ces rois, dont la race eut une part moins belle,
Succède de Valois la branche fraternelle,
Que le destin d'abord éprouve tour à tour
Dans les champs de Crécy, de Poitiers, d'Azincourt!
Après Philippe six, avant Charles-le-Sage,
Voici Jean dont l'honneur expia l'esclavage!
Charles six, respectable en son malheureux sort;
On regretta sa vie... et l'on pleura sa mort!
Le Dauphin Charles sept, qu'une vierge couronne;
Louis onze, qui fit saigner les pieds du trône;
Grand politique, juste et cruel à la fois!
Puis, après Charles huit, interrompant Valois,
Louis douze, qui fut de son peuple le père;
Un d'Orléans!... Il compte entre ceux qu'on révère!

Son successeur a droit d'arrêter vos regards;
Avant Louis quatorze il protégea les arts;
Il eut tout ce qu'il faut pour qu'un règne fleurisse :
Cellini pour sculpteur, pour peintre Primatice;
Pour défenseur Bayard, qui le fit chevalier,
Charles-Quint pour rival, pour nom François premier!
Après lui Henri deux fit regretter son père...
Et voilà ses trois fils, moins hommes que leur mère!
En eux finit Valois, qui fit place à Bourbon,
Dont l'aîné se nomma Henri quatre, et fut bon;
Juste dans son amour comme dans sa colère,
Le peuple a de son nom fait un nom populaire;
Louis treize, son fils, régna sous Richelieu...
Maintenant, place au roi dont tout parle en ce lieu!
Place à Louis-le-Grand qui, las de vingt batailles,
Abrita ses lauriers sous l'ombre de Versailles!
Depuis, vous le savez... ce sont les mauvais jours :
Louis quinze s'endort dans l'oubli des amours;
Et, prêt à secouer le repos de la veille,
Au pied d'un échafaud Louis seize s'éveille.
Ce qu'épargne la mort, l'exil le prend... Enfin,
La liberté déborde et l'Empire y met fin.
Voici Napoléon vainqueur de Bonaparte;
Et Louis l'exilé, que ramène la Charte!
Celui devant lequel vous êtes arrivé
Fut le dernier de tous et le plus éprouvé;

Au lieu de s'éclairer au flambeau de l'histoire,
Des autres, de lui-même il perdit la mémoire;
Cependant, pour l'instruire aux heures de péril,
Le ciel à sa jeunesse avait donné l'exil!...
C'est là qu'il commença, qu'il finit!... Sur sa tombe
Que l'indulgence, avant la sévérité, tombe;
Laissant à l'avenir les arrêts rigoureux,
Pardonnez le roi faible à l'homme malheureux,
Mais ne l'imitez pas!...

       Désormais pour la France
De rois régénérés une autre ère commence;
Fidèles à l'exemple offert par votre aïeul,
Rois du peuple, ils seront rois pour le peuple seul!

Allez, heureux enfant, votre voie est tracée;
Vous continuerez bien l'œuvre bien commencée :
Le présent devant vous aplanit l'avenir.
Un jour... dans ce berceau ne pouvant plus tenir,
Pour de nobles devoirs, non pour de folles fêtes,
Vous en sortirez Roi, faible enfant que vous êtes!
Que la couronne soit légère à votre front,
Et choisissez bien ceux qui vous l'allégeront.
Pour bien faire, imitez ceux qui surent bien faire;
Vous avez votre aïeul; vous aurez votre père!
Mais, au-dessus d'eux-même, un grave monument,

De tout ce qui s'est fait utile enseignement;
Étudiez ici, c'est un précieux livre,
Le mal, pour l'éviter, et le bien, pour le suivre;
Notre intérêt à tous vous parle par ma voix,
Roi de demain... L'histoire est la leçon des rois!

FIN.

BIBLIOTHÈQUE ROYALE
I

www.ingramcontent.com/pod-product-compliance
Lightning Source LLC
Chambersburg PA
CBHW061438170626
46811CB00005B/2312